고추잠자리를
기다리는
백일홍

고추잠자리를 기다리는 백일홍
ⓒ 김이환, 2020

지은이_ 김이환

발행인_ 이도훈
펴낸곳_ 도서출판 도훈
초판발행_ 2020년 11월 16일

사무실_ 서울시 서초구 법원로3길 19 2층, w109호
        (서초동, 양지원빌딩)
전　화_ 010-6722-4621, 0507-1453-4621
팩　스_ 0504-227-4621
이메일_ flyhun9@naver.com
홈페이지_ http://dohun.kr

ISBN_ 979-11-89537-54-8 03810
정　가_ 10,000원

「이 도서의 국립중앙도서관 출판예정도서목록(CIP)은 서지정보
유통지원시스템 홈페이지(http://seoji.nl.go.kr)와 국가자료공동목록
시스템(http://www.nl.go.kr/kolisnet)에서 이용하실 수 있습니다.
_CIP2020046449」

고추잠자리를
기다리는
백일홍

김이환 시집

도서출판 도훈

차례

1부

1부

네게로 향한 그리움은 메아리 되어 돌아온다

구월의 메아리

매미 울음 소리에
고추잠자리 춤춘다
가을 하늘 높은 구름
백일홍꽃 넘실거린다

행여나, 오늘 기다림은
오지 않고 떠나는구나!
네게로 향한 그리움은
메아리 되어 돌아온다

아! 구월 하늘 메아리여

물레방아 인생

인생이란 무엇인가
어디서부터 와서
어디로 가는 걸까
아무리 생각해도
알 수가 없다

인생은 벌거숭이인가?
옷 한 벌 걸치지 않은
날몸이란 말인가?
정처 없이 어디로
떠나가는 것일까
나그네의 길은 어디에
빈손으로 가는 길
구름처럼 흘러만 간다

세상은 돌고 돈다
쉬지 않고 도는 물레방아는

제자리에서 돌고 도는데
인생은 그 자리 서 있네

산천초목은 그대로 이고
사람은 오간 데가 없다
양심 따라 행동하는 사람
하늘이 스스로 돕는구나

풀 냄새

들풀이 꽃보다 이름답다.

풀잎에서 나는
향기를 느낀다

풀 향기는 저멀리
하늘 높이 날아서
가고 싶은 곳까지 닿았다

땅속에서 핀 꽃

땅속에 숨어 있는 꽃을 피우려면
얼어붙은 땅
녹을 때까지 기다려라

땅속에 갇혀 있는 꽃을 보려면
온도계를 가지고
땅속 흙 체온을 재어 보라

땅속 깊이 잠든 꽃을 보려면
들에 나가 봄이 되어라

땅속에서 꿈을 꾸는 꽃을 만나려면
마음을 비우고
모든 것을 내려놔라

비워야 채워지니라

그러면서 살죠

이래선 아니 되는데
이렇게는 안 되는데
세상이 이게 아닌데
그러는 동안 어느새
여름 가고 가을이 와
꽃은 피고 저 가는데
어째서 열매는 없는가
세상, 누구를 탓하랴

그러면서, 그러면서도
사람들은 살아간다죠
사회적 거리 지키면서
아무 말 없이 살아간다죠

낙엽지고 추운 겨울 오면
흰 눈 쌓인 은색 나라

사회적 거리를 다 덮고
미소 지으며 그렇게 살자

봄비

봄비가 내려요
보슬보슬 내려요

봄비가 내리네요
하염없이 내리네요

비에 젖은 진달래
연분홍 치마 입고
눈부시게 영롱한
보석보다 빛나는
저 아름다운 모습

비를 흠뻑 맞고 걸으며
고독을 생각해요

신혼 향기

새신랑
새각시 때
자기한테서는
알 수 없는
풀꽃향기가
은은하게 퍼져 나왔죠

나도 모르게 그런 땐
풀꽃향기에 푹 빠져
한참 눈을 감고 서서
신혼에 젖어 봅니다

생각납니다 아직도
그렇게 좋은 날들을

당신이 보고 싶어

당신이 보고 싶어서
허공 향해 불러 본다
메아리 되어 돌아온다

당신 소식 듣고 싶어서
물 위에 편지 띄워 본다
바람 따라 되돌아온다

당신 목소리 듣고 싶어
호수에 돌을 던져본다
물결 따라 되돌아온다

당신 그림자 밟고 싶어
해님에게 미소 보내니
모른 척하고 그냥 간다

남산에 올라

남산을 걸으면서
어느 날 눈을 감고
지나온 날을 회상하니
벌써 팔십 고개 문턱에

세월은 말없이 흘러 가도
남산 푸른 소나무
한강을 굽어본다

흐르는 물은 서로 앞서 가려고
다투지 않는데,
우린 무엇이 그렇게 바빠 앞서가려 하는가

삶의 한 모퉁이에 와서
바위처럼 늘 변치않는 둥근 마음
함께 만나서 소나무같이 푸르게 살리라,
말없이 살리라, 그렇게 살리라!

우면산에 누워

소가 누워서 잠들고
남산이 한강 너머로
서리풀 건너 잠실벌
우면산은 말이 없다

개구리도 깨어나는
경칩 춘분에 봄나들이
파릇파릇 새싹 움터도
우면산은 대답 없다

성산약수터 물 한모금
대성사 염불 소리 들으며
소망탑에서 서초의 꿈을 빈다

울창한 잣나무 사이로
고즈넉한 둘레길 돌며
봄향기 듬뿍 마셔 본다

푸른 보리밭 길

이른 봄비 내리면
내 맘 촉촉히 젖어
옛 시름 생각하니
앙가슴이 절여 오네

내리는 봄비 맞으며
하염없이 걷고있네
콧노래를 부르면서
푸르른 보리밭 샛길

땅에는 아지랑이 꽃
맑은 하늘엔 종달새
강나루 저편 언덕에
서러운 풀빛이 진다

헛되도다

간다
간다
나는 간다
아무것도 한 것 없이
빈손으로 그냥 간다

간다
간다
이대로 간다
뭘 하나도 남김없이
빈손으로 그냥 간다

간다
간다
그렇게 간다
헛되게 살다 살다가
빈손으로 그냥 간다

인생은 부질 없는 것
헛되고, 헛되고, 헛되도다.

봄이 왔으니

봄이 왔으니
마음 빗장 풀고
훨훨 날으리라

봄이 왔으니
마음 열어 놓고
그리움을 나누자

봄이 왔으니
옷깃을 여미고
겸손을 베풀자

봄이 왔으니
미소를 보이며
사랑을 나누자

봄이 왔으니

두 손 모으고
감사를 드리자

봄이 왔으니
맘 빗장을 열고
풀밭에 누워서
하늘을 우러러 보자

그때는 왜 그랬을까

지금 생각에 잠기니
그때는 왜 그랬을까
세월이 지나고 보니
그런게 아니었어요

이제야 좀 알겠어요
잘 익은 곡식은 머리 숙이고
덜 익은 곡식 머리를 곧게 세운다

그때는 몰랐었나요
뭐가 불만이 있어서
얼굴을 붉히고
화를 버럭 내고 소리쳤나

겸손은 아부가 아니고 공손하고 친절함이요
겸허는 순종이 아니고 인정하고 배려함이다

항상 낮은 자세로 세상을 높게 바라보며
지식보다는 지혜롭게 살아가야 한다

그때는 왜 그랬을까?

봄비 젖은 진달래

봄비가 내립니다
하염없이 내립니다
보슬보슬 내리는 봄비
말없이 내립니다

봄비에 젖은 진달래꽃
유난히 영롱한 물방울
연분홍 치마저고리는
보석보다 더욱 빛난다

꽃이 피는 것 어렵지만
지는 것은 한순간이다
오르는데 쉽지 않지만
내려올 때 더 조심해야

봄비에 젖은 진달래 꽃
오늘 따라 더욱 예쁘다

올라갈 때 못 본 진달래
내려올 때 방긋 웃네요

낙엽인들 꽃이 아니랴
그냥 지나쳐 볼 수 있나
봄비에 젖은 진달래꽃
오늘따라 더 아름답다

2부

고추만 먹고 살아서

눈물 자주 흘리겠네

고추잠자리

비 개인 날 고추잠자리
새싹 돋아난 석류나무에
하루 종일 앉아 있네

어제도 오늘도 마실 와
머리, 눈동자를 돌리며
사연만 붉게 물들이고 있다

가까이 가서 엿들어도
모른 채 어깨춤만 추면서
비단 날개 뽐내고 있다

빨간 고추잠자리는
고추만 먹고 살아서
눈물 자주 흘리겠네

친구 생각

꽃이 피면
꽃이 피는 대로
바람 불면
바람 부는 대로
친구가 그리워진다

비가 오면
비가 오는 대로
구름 가면
구름 가는 대로
친구가 보고싶다

친구와 함께 있는다면
무엇이든지 할 수 있고
어디든지 갈 수가 있다
친구는 무슨 생각을 할까
나를 보고 싶어는 할까

월명산*

월명산 굽어 서해 바다
지작냇물 흘러 솔머리
들려오는 소라 울음에
갯가 처녀 가슴 조이네

곱돌재 굽이 돌고 돌아
초가집 굴뚝 하얀 연기
성안에 마을, 성북 마을
호롱불 훤히 밝혀주네

월명산은 말이 없다
지금도, 대답이 없다
월명산아 말을 해다오
시원하게 대답을 해다오

* 서천 비인에 있는 명산

호롱불 세대

주간여성, 소녀시대에
석유등잔 호롱불 켜고
재래식 변소 뒷간에서
밤하늘 보고 별 생각을

옹달샘 동네 우물가에서
겨울 얼음 깨고 손빨래를
방망이에 장단 맞추면서
시름 달래는 아낙네들이여

가마솥에 더운물 데워
까까중머리 목욕하고
검정고무신, 짚신 신고
보자기 책가방 걸쳐 멘다

고무줄, 새총놀이 아이들
강냉이 꿀꿀이죽 한 그릇

배 꺼진 줄 모르고 놀다가
어느덧 하루를 다 보낸다

초롱불 아래

위풍 몰아치는 겨울밤
소나무 광솔불 켜 놓고
코 아래 돋보기 걸친 채
양말 버선 짓는 어머니

콧노래 구슬피 부르며
호롱불 석유 등잔 아래
놋쇠 화로 다독거리며
길쌈으로 긴 밤 세우네

늦은 밤 메밀 죽 한 수저
허기 때워 잠들게 하고
눈보라 몰아치는 밤에
홀로 구슬피 지새우네

울 식구, 꽃나무

늦은 겨울, 이른 봄에
양지 바른 곳에서
복수초꽃이 흰 눈 사이를
혼자서 뚫고 나오더니

담장 너머로 산수유가
노란 저고리를 입고서
하얀 치마 매화를 불러
도란도란 얘기 나눈다

현관 앞 동백꽃 여섯 송이
새 식구 거느려 나오고
동자 나무 예쁘게 뽐내며
영산홍 붉게 물들이네

개나리꽃, 진달래꽃은
소리 없이 피고 지고

가냘픈 벚꽃 한송이는
외롭게 홀로 서 있네

연분홍 앵두꽃 피면은
능금꽃은 희게 또 피고
석류나무는 싹 트는데
대추나무는 영, 글렀다

감나무는 새 잎 무성한데
무화과는 이제 잠 깨어나
대추나무에 손짓하며
어서 일어나라 재촉하네

인동초는 찔레꽃과 엉켜
서로 좋아서 부둥켜 안고
아로나는 물끄러미 홀로
천년 향나무 울러본다

키다리 호두나무 아래

넝쿨 장미는 담장 너머

졸고 있는 들고양이와

봄날 가는 줄 모르게 꿈을 꾸고 있다

올 여름에 동백꽃나무, 백일홍을

새 식구로 맞이하고

사과나무와 벚꽃나무, 인동초를

뒷밭으로 시집 보내면서

머지 않아서 찔레꽃도

뒷밭터에 함께 모여서 살도록

이사 준비를 해야겠다

올해도 우리 집 꽃나무 식구들

모두 건강하게 자라길 바랄 뿐이다.

꼬부랑 소나무

대왕산 남쪽 줄기 고갯길
홀로 서 있는 노송 한 그루
300년 동안 마을 지키며
꼬부랑 할머니가 되었다

경주김씨 종산 바라보며
조선 영조대왕 기리면서
정2품 벼슬은 못 했지만
꼿꼿이 마을지켜왔노라

큰 마을 사랑하는 사람들
바다를 좋아하는 아이들
모두가 꼬부랑 소나무를
지키고 사랑하리라

오늘도 산과 바다에서
불어오는 바람과 함께

꼬부랑 소나무는 말없이

대천의 역사를 증언한다

사랑의 민들레꽃

멀리 날아와 홀로 핀 꽃
사람들에 치이고 밟혀도
항상 그 자리를 지키며
사랑을 전하는 민들레

아무도 찾아오지 않는
양지바른 오솔길에서
행복 주머니 차고
누굴 기다리는가?

찾아오는 나비가 없어도
세월이 가면 홀씨가 되어
노란 저고리 흰 치마 입고
조용히 당신 곁을 찾는다

바람타고 멀리서 와서
여기저기 둘러보고

내 맘에 머물다 사라진

잊지 못할 민들레야

행복의 민들레꽃

바람결에 스쳐갈까
수줍은 하얀 민들레
내 마음에 심어 질까
미소 짓는 노란 민들레

당신 품안이 행복해도
이제는 알아요, 떠날 것을
아무리 사랑이 달콤해도
하얀 속옷 입고 떠나요

아무리 이별이 슬퍼도
노랑저고리 입고 떠나요

복수초

세상의 창을 맨 처음 열고

봄을 알리는 생명의 종소리

눈과 얼음을 뚫고 나와

따뜻한 아랫목 차지했네

풍선처럼 부풀어 오듯

화려한 꽃망울과 꽃잎들

밝은 노란색 수술 속엔

연두빛 암술 태양 비친다

제비꽃 향기

양지바른 풀섶 옆에서
제비를 기다리는 들꽃
자태는 날렵하다 못해
우주의 진한 향기를 품다

산과 들에 가거들랑
꽃반지를 만들어
손가락에 끼워보면 안다
자연은 바로 사랑

제비꽃 향기는
제비보다 갸름하고
멀리멀리 나른다

벌써 잊으려나

할미꽃 피어나는
새 봄이 돌아오면
친구와 같이 걷던
산자락 언덕 위를
무시로 혼자 오릅니다

그때가 어저께 같은데
벌써 잊으려 하니
너무 슬프고 힘듭니다
나 혼자는 어찌하라고
먼저 떠나가시나요

어찌 벌써 잊을수가 있겠습니까.
친구여! 사랑하는 친구여!
꿈은 구름 따라 흐르고
바람은 친구를 향해 붑니다

복주머니 금낭화

깊은 산속 그늘진 곳
개울가 바위틈 속에서
며느리 복주머니처럼
주렁주렁 매달린 그꽃

자홍색, 선홍색, 담홍색
양갈래로 머리 따고
해맑게 웃고 있는 모습
황금색 비단 주머니 꽃

미련 때문에

구름은
바람을 떠나고 싶어도
떠나지 못합니다

파도는
바다를 떠나고 싶어도
떠나지 못합니다

미련은
사랑을 떠나고 싶어도
떠나지 못합니다

그것은 모두
미련 때문에 그렇습니다
미련이 무엇이길래
떠나지 못하게 할까요?

아기볼, 은방울꽃

아기볼 유백색 닮은
향기 그윽한 은방울꽃
속옷 가랑이 찌져지듯
행복을 전해 주는 들꽃

양지바른 산 모퉁이를
돌고 돌아서 가노라면
솔바람 타고 은은하게
스며오는 은방울 향기

댕기머리 딴 총각 머슴
땔감 구하러 지게 메고
작대기로 풀섶 헤치며
꿩도 잡고 님도 보려고.

목련꽃 한 송이

시골집 돌담 옆에서
소담스럽게 피어 있는
계절의 여왕 목련

아름다운 자태 뽐내며
마음까지 고즈넉하게
흠뻑 채워 주는 목련

자주 꽃은 부귀영화를
연분홍은 절망과 설움
흰 꽃은 찬란한 슬픔을

3부

어느 시인 이야기

인생 칠십이면

가이 무심이다

흐르는 물은 내 세월 같고,

부는 바람은 내 마음 같고,

저무는 해는 내 모습 같으니

어찌 늙어보지 않고 늙음을 말하는가

세상사 모질고 거칠어도

내 품안에 떠가는 구름들아

누구를 탓하고

무엇을 탐할까

꼬부랑 할미꽃

동짓날과 경칩을 지나서
새 봄에 만나는 들꽃 중에
때가 되면 만나야 하는 꽃
꼬부랑 할머니 할미꽃

늙으나 젊으나 꼬부라져
등허리는 땅을 짊어지고
뒤통수는 맨땅에 닿아
속살을 보여 주는 할미꽃

백발이 성성한 늙은이는
묘지 위에서 자주 만나
하얀 머리 단정히 빗은
꼬부랑 할머니 할미꽃

고향의 봄

돌 하나 흙 한 줌도
내 것 하나 없는
서쪽 바다 내 고향

월명산 지작냇물가
빨래 방망이 장단에
진달래 할미꽃 웃음

아낙네 콧노래 소리
아지랑이 피어나고
나비 한 쌍 춤을 추네

사방을 돌아봐야

앞만 보고 가지 말고
뒤를 돌아보고 걷자
앞만 보고 걷다 보면
뒤는 고사하고
옆을 처다볼 기회도 없다

그렇다고 뒤만 보고
나아갈 수는 더욱 없다
내일의 희망이 있어야
옆을 살필 수도 있고
뒤를 챙길 수도 있다

위만 보고 아래를 보지 못하면
교만하기 쉽고,
아래만 보고 위를 보지 않는다면
겸손을 잃기도 한다

세월을 사는게 아니라.
세상을 사는 것이다.
사방을 살피며 사는 게
그리 쉽지 않으리라
겸손은 겸허를 낳는다

동백정, 동백대교

입추가 바로 어저께
무더위 장마 여전히
처서 머지않아 오면
더위는 물러 가겠지요

이슬비에 젖은 백일홍
고추잠자리와 춤추며
하루 가는 줄 모르는데
부귀영화 호두나무는
파랗게 영글어 간다

현관 앞에 동백나무
가지치기 심었더니
어미 동백 처다보고
속삭이며 잘 자란다

마량포구 동백정에

갈매기 떼가 날고
금강을 가로 질러서
동백교 뽐내고 있다

언제나 또, 동백교에
다시 한 번 찾아오려나
금강에 갈메기 날으니
금강에 살어리랏다!

고독은 병이련가?

가장 가까이 있는 사람이

가장 소중한 사람이다

형제 자매보다

부부가 소중한것은

가장 가까이 있기 때문이기도 하다

고독은 결코 혼자 있어서가 아니다

사랑하고 소통하며 함께 나눠야 한다

고독은 병이련가?

잘 치유하고 가꾸면

보약이 될 수 있다

나는 바로, 당신

평생 동안
내가 받은
가장 소중한 선물은
바로 당신입니다

진정 어린 말 한마디
떨리는 듯한 목소리
미소 짓는 눈웃음은
나의 영혼입니다

무엇을 주고도 바꿀 수 없는
내 생명보다 소중한
나의 당신입니다

부디 행복하고
건강하세요
이 생명 끝날 때까지
당신만을 사랑합니다

청포도 계절

이끼 낀 돌담 호박 넝쿨
뒤섞여 앞다투어 올라가
노란 호박꽃 미소 짓네

팔월 하늘 먹구름 사이
고추잠자리 몰려와서
무더위 장마 시위하네

입추가 바로 어저께
파란 하늘 하얀 구름은
언제 봐도 청포도 계절

천년 느티나무

운명의 느티나무처럼 나뭇잎에서부터 줄기, 뿌리까지 귀하게 쓰인다. 몸통은 고급 가구나 목재로 사용된다 또한, 수명이 길어 천년 장수한다니 기념수로도 각광을 받는다

항상, 푸른 기품을 잃지 않고 넉넉하고 아름다운 자태가 품위 있고 존경스러워서 그늘 아래 오래오래 쉬어 가리라

느티나무처럼 뿌리 깊고 넓은 사랑을 꿈꾸고 싶어라

느티나무처럼 참되고 쓸모있게

천년을 살아가리라

저, 구름아

구름에게 물어본다,
지금 그곳에는
바람이 불고 있나요
파도가 몰려오나요
뜬구름같이 살아온 나는
어디로 가야 하나요

그래도, 한 줌의 흙으로
서쪽 하늘 아래 바다로
내가 태어난 고향 월하성
아직도 나를 기다리는
그리운 그곳으로 보내다오
뜬 구름아 말해다오

구름에게 물어봐요

구름에게 물어본다
지금도 그곳에 여전히
바람이 불고 있나요
아직도 햇볕이 쬐이나요

구름에게 물어본다
못 잊을 사람이
아직도 기다리고
서성이고 있나요

내가 불러 주던 노래
아직도 듣고 있나요
내게 들려줬던 노래
부르고 있나요
흰 구름만 여기저기 떠돌아요

고궁 느티나무

이른 봄 어린 잎새는
위아래로 사이좋게
속삭이며 태어나
천년석탑 지켜본다

고귀한 자태 뽐내며
명예를 운명처럼 앞세워
인적드문 고궁을 거닐며
사찰을 가슴에 품고
옛일을 굽어본다

순간이었으면

만남은 힘들어도
헤어짐은 순간입니다
말을 나눌 여유도 없이
생각할 시간도 없이
아주 순간입니다

처음 만날 때 처럼
처음 알았을 때 처럼
잊는 것도 헤어짐은
순간이면 좋겠습니다
내 손을 내밀 때 처럼,

선운사 꽃무릇

선운사 은은한 종소리는

고이 잠자는 꽃무릇을 깨운다.

푸른 녹음 사이로 붉게 빛나는 꽃무릇

선운사의 가을을 더욱 붉게 물들인다

무더운 여름 끝에 찬바람이 불기시작하면

숲속에서 가을볕을 받아

동백만큼이나 붉은빛을 토해 내는

꽃무릇이 한창이다.

꽃은 잎을, 잎은 꽃을

서로 그리워한다는 꽃무릇!

그러나, 끝내 꽃과 잎은 만나지 못한다.

그래서 그리움 때문에

꽃잎 속에 진한 멍이든 꽃무릇은

이룰 수 없는 사랑을 의미한다

새색시의 녹의홍상과

긴 속눈썹을 한 꽃무릇은

외로운 자기들끼리

서로를 달래주며 무리를 지어 핀다

붉게 물든 꽃무릇은

동백 못지 않게 선운사의 운치를 더해 준다

천년 사찰 선운사는

말이 없다

대답이 없다

선운사 동백꽃

선운사 동백꽃은

꽃무릇과 사이좋게

붉은 빛을 토해 내고

많은 사연 담고 와서

산사를 붉게 물드려

사람 없는 선운사

저녁 해가 저물면

염불하는 노승의 목탁 소리

선운사는 잠든다

이룰 수 없는 사랑에

선운사의 밤은 깊어 간다

4부

모든 것은 비워야 채워지고
채워지면 비워집니다

비워야 채워진다

산에 오를 땐 힘들어도

내려올 땐 쉽듯이

인간사 올라갈 때는 어려워도

내려올 땐 순식간입니다

올라갈 때 못 본 돌

내려올 때 보이듯이

올라갈 때 걸림돌이

내려올 땐 디딤돌이

될 수 있습니다

모든 것은 비워야 채워지고

채워지면 비워야 합니다

모든 것을 내려놓고

하늘을 보면 잘 보입니다

눈을 감으면 더 멀리,

더 깊이 보입니다

밤이 어두울수록

별이 더욱 빛납니다.

귀뚜라미 계절

무더운 여름 지나니
서늘한 가을이 온다
겨울을 준비해야 하나

가을 머물러 있는다고
겨울이 못 올까
기다리는 겨울이 더욱 그리웁다

올해는 코로나 유행에
귀뚜라미 우는 소리도
못 들을까 걱정이 된다

귀뚜라미보일러가
생각나는 계절 오면
올 한 해도 무사히 간다

백일홍 아래서

활짝 핀 백일홍 아래서
웃으며 폼 잡고 사진을

백일홍은 아니 보이고
푸른 하늘만 보였다

백일홍보다 하늘이
더 예뻣나 봅니다

하늘보다 백일홍꽃
춤추는 모습이
더 아름답다

파란 빨랫줄

소나기가 내려서인지
파란색 빨랫줄 위에
물방울들이 소근댄다

고추잠자리 앉으려다
미끄러질까 봐 놀래서
기웃기웃 맴돌다 간다

가을 소나기 멈췄는데
고추잠자리 언제 오나
기다리는 백일홍꽃

혼자서 여행

혼자서

여행을 하다가

뜻밖에 그 사람과

마주치고 싶다

그 사람을

처음 만났을 때

예고 없었던것 처럼…

가을 하늘 너무 맑아서

그리운 사람이 생각나는 날

그 사람이 연인이라서

그 사람이 귀인이라서

그 사람이 친구라서

그 사람이 자주 찾아올 것 같아서

나는 참 행복합니다

추임새. 얼쑤, 좋다!

말없이 듣기만 하고
술값을 낸 날은
얼씨구, 기분 좋은 날

말 많이 하고
술값을 치른 날은
좀, 찜찜한 날

노래 한 곡 뽑고
술값을 낸 날은
속이 시원한 날

추임새 넣어 주고
술값 지불한 날은
어깨동무하는 날

하여간, 술 한잔이면

친구가 그리워진다

그래서, 친구가 제일 좋다!

얼씨구, 좋다, 좋구나!

풍금 소리에

문득 찾아간
초등학교 운동장에는

플라타너스 그늘 아래
옛 친구와 놀던 생각에

당직하는 총각 선생님
처량한 풍금 소리에는

마지막 졸업식 광경이
눈앞을 가려 눈물 글썽

"잘있거라 아우들아 정든 교실아
선생님 저희들은 물러갑니다
부지런히 더 배우고 얼른 자라서
새 나라에 새 일꾼이 되겠습니다"

고추잠자리

뜨거운 여름 지나니
고추잠자리 날으네
가을 손님 오시니
고추잠자리 춤추네

더 빨개지는 고추밭
가을 하늘은 푸르고
빨강 파랑 조화되어
아름다운 금수강산

돌고 도는 세상

쉬지 않는 물레방아
세상만사 돌고 돌아
인생은 그 자리에 있네

사천초목 그대로인데
사람은 보이지 않네
돌고 도는 물레방아야!

누가 우리를 자유케
하는가?
무엇이 우리를 속박
하는가?
진리는 세상을 자유케
하느니라!
세상은 결국 돌고 돈다

들풀 향기

들풀이 꽃보다 예뻐 보일 때가 있다
풀잎에서 나는
향기를 맡는다

풀 향기는 멀리
하늘 높이 날아서
내가 가고 싶은 곳까지
전달해 준다.

들풀 향기는 꽃보다
아름답다, 사랑스럽다.

젊은 꿈

나뭇잎이 푸르던 날에
뭉게구름이 피어나듯
사랑을 살며시 적시고
끝없이 퍼져나가는
젊은 시절 꿈이 그립다

귀뚜라미는 지새 울고
낙엽 떨어지는 가을에
아~ 꿈은 사라지고
꿈은 어디론가 떠나고
끝없는 아쉬움에
한없이 눈물만 흐른다

단풍손님

저 멀리서
자꾸 부르는 사람이
누구신가요?

반가워서
멀리 쳐다보니
산마루터에
가을 햇살이
뉘엿뉘엿 남아서
단풍손님과 함께
걷자고 합니다

당신은 누구신가요?

비 오는 창가에

커피 한 잔을 들고
비 내리는 날에
창가에 기대어서
밖을 내다보니

비 내리는 소리에
빠져들어 살며시
눈을 감으면서
지나온 나날들을
생각해 본다

아름다운 추억들이
파도처럼 지나가고
그 속에 보고픈 친구
하나둘 모여 든다

찾아오는 친구보다

떠나간 친구가 더욱 그립고
보고 싶다

비가 오는 날이면

외로움 달래며

외로움을 달래려고
햇볕 드는 창가에서
생각에 잠긴 바람 소리를
귀 기울여 듣는다

오솔길이 외로울 때면
하늘 구름이 달래고
풀잎새가 속삭여 주고
산새들 노래 부르지만,

내가 외로울 때는
당신 생각에 젖어
달랠 수가 없었다

당신 때문에 나는 항상
외로움에 쌓여 하염없이
떠도는 구름만 바라봤다

당신 때문에 외롭고

쓸쓸한 구름만

내 눈에 가득찼다

고향길

월명산 골독재 너머
좁다란 신작로 길 따라
지작내 개울물 흐른다

옛 성터로 둘러싸여
성안에서 옹기종기
품앗이하며 사는 동네

올 추석은 코로나19로
보고 싶어도 서로 못 보고
만나고 싶어도 못 가는데

몸은 멀리 떨어져 있어도
마음은 언제나 고향길에
올 추석은 둥근달처럼

건강하고 행복하세요!

부록

'Made in Korea' 이미지 키울 전략을

김 이 환
아남그룹 기조실 / 사장

金貳換

　우리는 이번 월드컵을 통해 감추어져 있던 한민족의 잠재력과 열정을 확인하고 IMF 이후 잃어버렸던 자신감을 되찾는 엄청난 성과를 거두었다. 그러나 4강 진출의 신화와 외국인의 찬사가 세계 일류국가로 바로 이어지는 것은 결코 아니다. 오히려 자만심과 방심을 경계하면서, 이제는 이 열기를 창조적인 에너지로 승화시켜 국가경쟁력을 강화시킬 시점임을 자각해야 한다.

　최근 1,200명의 해외바이어들을 대상으로 조사한 결과, 한국의 국가이미지가 100점 만점에 81.9점으로 월드컵 개최 전보다 9.4점이나 오른 것으로 나타났다. 그동안 세계 1등 상품이 20여 개가 넘는 데도 불구하고 '메이드 인 코리아(Made in Korea)'라는 이유 때문에 불이익을 감수해야 했던 기업체의 경우 만년 '2류'의 멍에를 벗고 이제는 한국제품 제값 받기에 나설 수 있는 원동

력이 제공된 셈이다. 사실 국가이미지는 상표와 기업이미지에 앞서 형성되고 나머지 이미지를 선도적으로 이끌어 가기 때문에 국가이미지가 뒷받침되는 제품의 시장 파괴력은 엄청나다.

그렇다면 개국 이래 글로벌 시장에서 한국의 이미지를 몇 단계 업그레이드 시킬 수 있는 최대의 호기를 맞은 한국 정부와 기업은 무엇을 해야 하는가?

우선 원칙과 기본에 충실하고, 경제의 기초체력인 연구개발과 신제품 개발을 통해 경쟁력 있는 제품을 만들어내야 한다.

또 실속 있는 국가이미지 전략 수립과 인프라 구축이다. 창의적인 아이디어와 다양한 콘텐츠로 구성된 프로그램을 수립하고 실천해야 한다. 더불어 기업하기 좋은 여건을 만들고 기업경영의 활력을 불어넣어 주는 환경을 조성하고, 외국인의 투자를 촉진시킬 수 있는 제도개선에 주력해야 한다.

끝으로 단결력과 선진문화 질서를 살려 그동안 한국 사회를 지배했던 지역 간 계층 간 분열과 반목 갈등을 과감히 털어내고 대화합을 이루어 내는 성숙함을 지속해서 보여 주어야 한다.

– 〈조선일보〉 2002.07.12. 독자칼럼

비만의 책임이 광고?

김이환
한국광고주협회 상근부회장 / 언론학박사

2008년 개봉된 애니메이션 '월E.' 인간들은 황폐화된 지구를 떠나 노아의 방주와 같은 엑시엄호에서 생활한다. 먹는 것에서 청소하는 것까지 모든 것을 로봇들이 대신해 준다. 영화 속 인간은 혼자의 힘으로 걸을 수 없을 정도로 뚱뚱하다.

2009년 대한민국도 뚱뚱한 아이가 눈에 띄게 늘고 있다. 성장기 비만은 성인 비만으로 이어질 확률이 80%에 육박한다는 연구 조사 결과도 있고, 비만은 고혈압, 고지혈증 당뇨, 뇌출혈과 같은 성인병을 유발할 수도 있다. 출산율이 낮은 상황에서 지금의 뚱뚱한 아이들이 자라 뚱뚱한 성인이 된다면 성인병 천국의 대한민국이 될지도 모른다.

전문가들은 성장기 비만의 근본적인 원인은 에너지 섭취와 산출의 불균형이라고 말한다. 술래잡기 1시간에

500칼로리가, TV시청 1시간에 고작 15칼로리 정도가 소모된다. 에너지 섭취량은 많지만 소비할 수 있는 적당한 수준의 운동을 하지 못하는 우리 아이들의 비만 해소를 위한 근본적인 대책이 시급하다.

성장기 비만의 해법으로 정부는 오후 5시부터 9시까지 관련 식품의 방송광고를 금지하는 법안을 마련했다. 어린이 비만 요인을 하나씩 차단하겠다는 계획이나 그 모양새가 눈이 있어도 망울이 없는 듯 보이니 경기 침체 및 여러 악재로 힘들어 하고 있는 관련업계의 시름은 더욱 늘어만 가고 있다.

주 5일제로 국민들의 여가 시간은 증가하고, 웰빙 트렌드에 따라 국민들의 건강에 대한 관심이 높아지고 있음에도 불구하고 성장기 비만은 꾸준히 증가하고 있다. 원인에 대한 근본적인 규명과 종합적인 대책을 필요로 하는 부분이다. 그러나 정부의 대책은 먹거리에만 집중되고 있어 그 실효성이 실로 의문이다.

영국은 국가 비만 가이드라인을 정해 1차 의료에 비만 치료를 포함시키고 과학적 근거를 찾고자 노력하고 있다.

EU는 어린이에게 학교에서 과일과 야채를 무상으로 제공하기 위해 매년 9천만 유로(1,700억 원)를 투자할

계획이라고 발표하였다. 가까운 이웃나라 일본은 '건강 일본 21'을 발표하고 향후 3년 내로 비만인구를 10%, 6년 후까지는 25% 줄이겠다는 목표를 세우고, 기업과 지지체에 매년 40~74세 직원들의 허리둘레를 측정하도록 의무화하는 법안까지 마련하였다.

먹는 것을 줄이는 것만으로 살을 뺄 수는 없다. 광고를 금지한다고 먹는 것이 줄어들지도 않는다. 그럼에도 불구하고 정부는 가장 쉬운 '광고 금지'를 해법으로 제시하였다. 일부 유럽 국가의 경우 관련 식품의 광고 금지를 시행하고 있으나, 광고 금지 이후 오히려 비만율은 증가 추세를 보이고 있다. 호주의 경우 광고 금지와 비만의 상관관계가 규명되지 않았다는 이유로 법안 제정이 좌절되었다. JP 모건의 보고서에 따르면 광고 금지는 브랜드별 변별력을 줄여, 결국 브랜드 자산 가치로 이어져 기업이 쌓아온 명성과 평판은 풍화작용처럼 천천히 사라질 위험이 있다고 경고했다.

성장기 비만 문제는 학교, 집, 사회 모두의 공동의 노력과 관심이 필요하다. 먹을 것을 제한하는 것만으로 비만을 해결할 수는 없다. 몸에 좋은 다양한 먹거리에 대한 관심을 유발하고, 에너지를 소모할 수 있는 다양한 운동, 교육프로그램도 필요하다. 10년~20년의 장기적이고, 종합적인 대책이 필요한 때이다. 현대의 소비자는 똑똑하다. 스마트한 소비자들의 역량을 무시한 채 타율적이고 획일적인 광고에 대한 규제는 구시대적인 발상에 불과하다. 방송과 광고의 영향력을 인정하는 것이라면 광고를 통해 건강한 라이프 스타일을 촉진시키는 캠페인을 민과 관이 공동으로 추진하는 것도 효율적일 것이다. '밥 먹기 전 물 한 잔 마시기', '든든한 아침 먹기', '자전거 등교' 등 생활에서 실천할 수 있는 덜 먹고 더 움직일 수 있는 캠페인을 제안해 본다.

- 〈중앙일보〉 2009.04.04. 보도

농사는 이제 시장에서 짓는다

김 이 환

한국광고주협회 상근부회장 / 언론학 박사

1901년, 프랑스 콤베르 신부가 한 그루의 포도 묘목을 가져와 경기도 안성에 심었다. 포도가 재배되지 않던 조선 땅에서 미사에 필요한 포도주를 직접 만들기 위해서였다. 당시 조정의 박해를 피해 안성 지역에 숨어 살던 가톨릭 신자들은 콤베르 신부가 가져온 포도나무를 생명처럼 소중하게 보살피고 정성껏 가꾸었다. 포도나무는 힘차게 넝쿨을 뻗어 갔고, 100년이 지난 오늘날 안성은 대한민국 최고의 맛과 향, 품질을 자랑하는 포도 산지가 되었다.

100년 역사의 안성 포도 재배 단지에도 어김없이 세계화 개방화의 태풍이 불어닥쳤다. 한·칠레 FTA에 따라 칠레산 포도가 대량 유입되어 소비자들에게 선보였다. "100년 역사와 전통, 정성으로 가꾼…", "우리 땅에서 재배한 우리 농산물…"이라는 식의 정서적 호소만으로는 소비자 마음을 움직일 수 없고, 세계화, 개방화의 거센 폭풍을 이겨낼 경쟁력이 생기지 않는다. 그래서 안성의 농민과 농협, 지자체는 포도송이 마냥 똘똘 뭉쳤다. 서울을 비롯한 주요 대도시의 백화점과 슈퍼마켓, 할인 마트 등을 헤집고 돌아다녔다. 포도를 구매하는 소비자들의 인식과 기대 수준, 요구 사항들을 면밀하게 파악하기 위해서다. 소비자의 마음을 움직이는 것은 무엇보다 차별화된 품질과 마케팅이라는 것을 지역 정부와 농민들이 깨닫고 팔을 걷어 올린 것이다.

안성 포도 재배 농민들은 시장을 연구하고, 고객을 연구하는 이른바 '마케팅' 활동에 나섰고, 안성 시청은 마케팅 담당관실을 설치하고, 시 공무원들은 민간 전문가들을 찾아다니며 마케팅 기법을 배우고 이를 농민들에게 전파시켰다. 엄격한 품질 관리 기준이 세워지고, 농업 R&D가 본격화되었다. 생산, 유통, 마케팅 활동이 고객 맞춤형으로 전개됐고 포도 상자에는 '안성마춤'이라는 안성시의 품질 보증 라벨이 붙여졌다.

'안성마춤' 포도는 이제 주요 백화점들이 앞다투어 주문할 정도로 인기 있는 명품 포도가 되었다. 지난 5월 '안성마춤'은 대한민국 브랜드 대상을 받았다. 대형유통 매장들을 위해, '대한민국 식품 창고', '대한민국 냉장고'

라 불리는 국내 최대 규모의 첨단 저온 냉장 시설을 갖
춘 농축산물 산지유통 센터도 들어섰다. 안성 농·축산
물들은 일본, 대만 등지로도 수출되기 시작했고 안성시
는 본격적인 해외 마케팅도 준비하고 있다.

피할 수 없는 세계화, 개방화 물결, 지금 우리가 피
하면 우리 후손들이 겪어야 할 거센 세계화와 개방화의
파도를 헤쳐 나가는 방법으로 안성 시민들은 시장에서
의 냉철한 정면 승부, 마케팅을 선택해 성공한 것이다.
바로 시장(Market)에서 농사를 지어 성공한 것이다. 한
국광고주협회도 이들의 마케팅 홍보교육을 지원하기
위해 힘을 보탤 예정이다.

– 〈조선일보〉 2006.08.01. 보도

김이환 시인과의 대화

시가
노크했다,
불현듯

- 유 수 진 (시인)

[2016년 10월, 만년설산 몽불랑을 바라보며]

시가 노크했다, 불현듯

- 유 수 진 (시인)

번역이란 몇몇 사람만이 할 수 있는 일이었다. 그런 시절이 있었다. 그 언어를 구사할 능력이 있는 소수의 사람이 번역을 하면 그 이외의 영역에 해당하는 사람들은 번역된 텍스트를 읽었다. 그렇게 읽는 방식은 세상을 이해하는 형식이 되었다. 예전엔 몇몇 시인만 시를 발표했다. 밖의 영역이라 정해진 사람들은 누군가가 번역한 자연과 세계와 시를 읽었다. 그러나 이제 사람들은 읽는 것에 그치지 않는다. 스스로 바라본 자연과 세계를 자신의 언어로 번역해 글자로 옮기고 자신의 방식으로 발표한다. 그건 아마 쓰는 도구의 변화 때문이지 않을까. 우리는 종이라는 매체만을 고집할 수 없는 하루를 살고 있다. 각종 쇼셜미디어와 전자 매체는 읽는 행위를 쓰는 행위로, 쓰는 행위를 발표하는 행위로 이끄는 역할을 하고 있다. 그리하여 보다 적극적인 하루를 감당하게 한다. 김이환 시인은 읽는 행위를 넘어 쓰는 행위로, 쓰는 행위를 넘어 발표하는 행위로 뚜벅뚜벅 걸어가는 이 시대의 시인이다.

유수진 : 안녕하세요, 김이환 시인님. 이렇게 인터뷰를 하게 되어 매우 기쁩니다. 시집 원고를 여러 번 읽은 탓일까요. 시인님이 낯설게 느껴지지 않습니다. 시집 출간을 진심으로 축하드립니다. 먼저, 요즘 어떻게 지내고 계신지 청해 듣고 싶습니다.

김이환 : 아침에 일어나면 알약을 하나 먹고 하루를 시작합니다. 약을 먹고 나면 예외 없이 핸드폰이 띵동, 울립니다. 아침 8시! 시 한 편을 보내주는 대학 후배가 있습니다.

유수진 : 시 한 편이 도착하면 하루가 열리는군요. 이른 아침의 시 한 편, 눈을 뜨자마자 먹어야 하는 하루 한 알의 알약과 같군요..

김이환 : 텃밭을 가지고 있습니다. 고추를 뽑고 그 자리에 가을배추나 무, 겨울 시금치를 심을 때가 되었네요. 마당에 작은 화단이 있는데 이제 동백꽃은 지고 백일홍과 꽃무릇이 한창이지요. 감나무, 대추나무, 무화과, 석류나무, 사과나무는 무성한 듯 잘 자라고 호두나무는 열매를 주렁주렁 달았습니다. 얼마나 기쁜지 몰라요. 텃밭에서 풀을 뽑고 과일나무들에 거름을 주고 벌레를 잡고 가지나 잎을 정리하다 보면 하루는 금방이지요. 아, 봄에 화분갈이를 하지 않은 것들은 손질해서 겨울을 준비해야 해요. 우리 집 보물인 군자란, 고무나무,

만리향, 동백꽃의 꽃이화분을 2층 베란다로 옮겨야 하는데 이 일은 아내의 협조 없이는 불가능합니다. 정원과 텃밭의 겨울 준비를 본격적으로 해야지요.

유수진 : 그렇군요. 자연을 보면 봄엔 여름을 준비하고 여름에 가을을 준비하고 겨울엔 봄을 준비한다는 생각이 듭니다. 김이환 시인님의 삶이 자연을 똑 닮았네요.

김이환 : 그런가요. 코로나19 때문에 외출은 거의 하지 않습니다. 오후가 되면 낮잠을 잠깐 청합니다. 해가 뉘엿뉘엿 지려 할 때 우면산 둘레길을 걸으며 시상을 떠올립니다. 늙어가는 게 아니라 조금씩 익어가는 중이라고 했으니, 나도 가을의 과일처럼 점점 익어가고 있으려니 생각하며 살아갑니다. 요즘에 어떻게 지내냐고 누가 물으면 시 쓰기 공부를 하고 있다고 자신 있게 대답할 수 있을까요. 시를 읽고 쓰다 보면 어느새 새벽 서너 시가 넘어 있기가 일쑤랍니다.

유수진 : 오래 돌고 돌아 시로 오는 여정을 살아내셨으리라 생각됩니다. 지금 생각해 보니 나는 시를 쓸 수밖에 없는 사람이었구나, 그렇게 느낀 계기가 있을 것 같아요.

"광고의 자율성이 보장 돼야 한다"

[2007년10월, 방송의 날 화관문화훈장을 받고 인터뷰]

김이환 : 고등학교 때 가곡을 많이 불렀습니다. 음악 시간에 배운 가곡의 가사는 한 편의 시와 다름없지요. 이때부터 시에 대한 동경을 가지게 되었던 듯합니다. 사춘기 내내 그런 마음에 들떠 있었어요. 여름방학 때 캠핑을 간 적이 있는데 그때 시낭송을 처음 해봤어요. 소월 선생님의 「산유화」를 낭송했습니다. 고등학교 담임 선생님 중에 멋진 총각 선생님이 있었어요. 한번은 수업 중에 '내가 여러분이라면 배우, 시인, 기자가 되겠다'고 거침없이 말씀하셨어요. 용기와 야심을 가지라고 거듭해서 강조하셨습니다. 그래서 그런지 우리 반 학생들 중엔 국문학과, 영문학과, 연극영화과, 신문방송학과

118

에 지원한 친구들이 많았습니다. 나도 선생님의 영향을 받아서 신문학과에 들어갔어요. 신문학과에는 기사작성이라는 과목이 있습니다. 사건기사는 물론, 논평과 해설을 쓰고 논설분야까지 실습합니다. 이때부터 문장 연습을 했는데 지금 시를 읽고 쓰는 데까지 영향을 받는 것 같습니다. ROTC 장교로 임관하여 전방에 근무하면서도 시를 읽었습니다. 전역 후 사십여 년 동안 광고 일을 하고 광고카피와 홍보기사 등을 써왔으니 평생 글과 함께 했다고 할 수 있죠.

유수진 : 늘 글과 함께 하는 삶을 사셨군요. 시와 늘 함께 한 거나 다름없어 보입니다. 시를 하나씩 쓰고 완성하는 것은 매우 의미 있는 일인데요. 그 시들을 모아 작품집을 낸다는 것은 그 이상의 용기와 힘이 필요한 일이라 생각합니다. 첫 작품집을 내는 소감이 궁금합니다.

김이환 : 시집을 낼 거라고는 꿈에도 생각하지 못했습니다. 핸드폰 카톡에 시를 쓰기 시작한 날짜를 기억합니다. 2019년 1월 26일 토요일 오전 10시였어요. 아침 식사를 마치고 그것은 불현듯 찾아왔습니다. 첫 작품이 「어디로 가고 있나」였어요.

높은 산/ 흐르는 물/ 먼저 가려/ 서두르지 아니하네//

바닷물/ 남몰래/ 허둥지둥/ 멀리 가지 아니하네//

우리는/ 어히하여/ 이리도 바쁘게/ 어디로 가고 있나!

이후 백여 편의 시를 썼고 그 중 육십여 편을 탈고하여 시집을 내게 되었습니다. 솔직히 얼떨떨하고 믿겨지지 않아요. 지식은 눈을 열지만 지혜는 귀를 연다는 격언대로 겸허한 자세로 입은 다물고 눈과 귀를 활짝 열어 미지의 길을 뚜벅뚜벅 걸어가고자 합니다. 어두운 밤에 더 많은 별을 봅니다. 그동안 쌓아온 경험이 녹슬지 않도록 갈고 닦아 새롭게 쓰겠습니다.

유수진 : 항상 곁을 지키던 시가 김이환 시인님의 심장에 노크한 순간이군요. 그렇다면 김이환 시인에게 시란 무엇인가요? 시를 쓸 때 가장 염두에 두는 부분은 무엇입니까?

김이환 : 화가 날 때 시를 읽으면 기분이 좀 나아집니다. 그러나 화가 날 때 시를 쓸 수는 없더군요. 시상이나 시구가 설령 떠오른다 해도 시가 될 수 없는 것들이 있었습니다. 저의 경우엔 즐겁고 평온할 때 시를 쓰게 되는 것 같아요. 소소한 일상이 시가 됩니다. 세상에 시가

없다고 생각해 보세요. 얼마나 삭막하고 빡빡할까요. 내게 시는 청량제이고 윤활유입니다. 시인의 위선을 제일 싫어합니다. 나태주 시인이 그리는 계절과 상황의 멋과 필치를 존경합니다. 진솔한 시를 쓰고 싶습니다. 가슴은 뜨겁게, 머리는 차갑게. 그런데 거꾸로 머리만 뜨거워지고 가슴은 차가워지려하니, 이게 문제입니다. 어쩌나.

유수진 : 가슴은 뜨겁게, 머리는 차갑게. 와, 저도 명심하고 싶은 말입니다. 노력하다 보면 점점 그 말의 의미에 가까워지지 않을까요. 시를 쓰기 시작한 후의 '김이환'과 시를 쓰기 전 '김이환'은 분명 차이가 있을 겁니다. 어떻게 달라졌을까요?

김이환 : 겉으론 특별하게 변하거나 달라진 점이 없습니다. 그러나 자꾸 왜? 어째서? 무엇 때문에? 라고 묻고 있는 나를 발견하곤 하지요. 사물 하나를 보든 세상을 생각하든 다시 보고 곰곰이 생각해 보는 습관이 생겼습니다.

[2018년 평창동계올림픽 성화봉승]

유수진 : 커다란 변화네요. 내가 사물에게, 세상에게 말을 거는 방식에 따라 함께 나눌 수 있는 것이 달라진다고 생각합니다. 같은 언어를 쓰는 사람끼리는 말이 잘 통하잖아요, 사물과 같은 언어를 쓸 수 있고 그래서 의사소통이 가능해지는 것, 그것이 시를 쓰는 첫 걸음이자 시의 모든 것인 것 같습니다. 말로 할 수 있는 언어

능력이 부족하다면 손짓 발짓이라도 해보는 거지요, 그러면 사물이, 자연이, 세상이 나와 계속 말을 할 거고 그렇게 대화를 이어나가는 것이 시를 쓰는 행위로 이어집니다. 「고향길」이라는 시를 보면 '월명산 골목재 너머 좁다란 신작로 따라 개천이 흐르는' 시인의 고향 가는 길이 나옵니다. 고향은 유년의 기억이 앨범 속 사진처럼 차곡차곡 들어 있는 곳입니다. 사람들은 위로가 필요할 때 그 앨범에서 기쁨 하나, 사건 하나, 혹은 그리움 하나를 꺼내 펼쳐 보곤 하지요. 김이환 시인에게 고향은 어떤 의미를 갖고 있는지요? 어린 시절의 김이환 시인은 어떤 아이였을까요?

김이환 : 고향은 어머니 같고 누이 같습니다. 국민학교, 지금은 초등학교라고 하지요. 초등학교 내내 십리 길, 4km를 걸어서 학교에 다녔습니다. 여름 장맛비는 그런대로 참을 만했는데 겨울에 눈보라가 치면 참 힘들었지요. 중학교에 들어가면서부터 장항으로 나와 형님과 하숙을 했으니 부모님과는 그때부터 떨어져 살았습니다. 고향이라는 단어를 입으로 말하면 호롱불 등잔에 석유를 넣던 기억이 떠오릅니다. 6.25 전쟁이 초등학교 3학년 때 일어났으니 참 가난하고 힘든 시절입니다. 그래도 사촌 형님 따라 논두렁에서 장어를 잡고 놀았습니

다. 그러다 뱀도 잡고.

유수진 : 작은 방과 그 방 안의 더 작은 호롱불, 석유를 덜어 호롱불에 넣는 작은 아이가 보입니다. 심지에 불을 붙이는 작은 아이, 작은 방은 환해집니다. 고향의 기억에는 행복과 슬픔이, 그리움과 노여움이 늘 공존하지요. 그래도 행복이 더 많고 그리움이 더 많아서 우리는 고향을 고향이라 부르고 그리워하는 것 같습니다. 「우리 집 꽃나무」를 읽으면 일생을 열심히 산 한 사람의 뜨락이 보입니다. 지금껏 살아오면서 많은 일들이 있었겠지만 특히 지금 생각해 봐도 그때 그 시절 나, 참 기특해, 라고 여겨지는 사건이 있으면 들려주세요.

김이환 : 대학에 입학하고 바로 4.19혁명이 일어났습니다. 흑석동에서 을지로입구 내무부까지 단숨에 뛰어갔지요. 도중에 같은 과 동료가 진압군경의 총탄에 쓰러지는 광경을 바로 옆에서 목격했습니다. 동료를 부축해서 구급차에 실려 보내고 그제야 정신을 차려 보니 내 옷에도 피가 흥건하더군요. 그때 일이 기억나네요. 이런 일도 있지요. 직장에서 홍보 업무를 할 때로 기억됩니다. 밤섬의 철새가 혹독한 추위로 먹이를 구할 수 없어 굶어 죽는다는 보도를 봤습니다. 서울시청과 한강

관리소에 연락하여 밤섬 철새 모이주기를 시작했습니다. 그 일은 철원 벌판 기러기 모이주기로까지 이어졌습니다. 언론에도 크게 보도된 일이지요.

[아버님 팔순 때, 오토바이를 함께 타시는 부모님]

유수진 : 철새들이 마음 놓고 우리나라를 찾을 수 있게 된 이유 중 하나일 수 있겠어요. 어느 때부턴가 해마다 찾아오는 철새들이 는다는 뉴스가 보도되더군요. 누군가의 노력에 의해서 이루어진 일이라는 걸 깨달았습니다.

「파란 빨랫줄」에서 '소나기가 내려서인가 파란색 빨랫줄에는 물방울이 맺혔네. 고추잠자리가 빨랫줄에 맺

힌 물방울을 보고 빨랫줄에 앉으려다 미끄러질까봐 기웃기웃 맴돌다 간다'고 표현했습니다. 한바탕 소나기가 내린 마당은 쨍한 햇빛과 여기저기 방울진 물기가 공존합니다. 마당을 돌다 날아가는 고추잠자리에서 매사 진중하게 살아온 한 사람의 모습을 보는 듯 했습니다. 젊은 시절 김이환 시인은 어떤 사람이었나요?

[제7대 한국PR협회 회장 취임식]

김이환 : 정의와 공정에 불타오르던 젊은 내가 생각납니다. 불의와 타협하지 않았지요. 정의감 하나로 살았습니다. 소대장 시절 20대 초반의 나이에 중대장에게 보급품과 휴가, 외출 문제로 항의를 했던 적이 있습니다. 직장 생활을 시작한지 얼마 안 되어서는 숙직실 환경

문제를 공개적으로 질의한 기억도 나네요. 광고업계에서 일했는데요, 광고주의 권익보호는 물론, 소비자의 알 권리도 앞장서서 주장했습니다. 젊어서의 나는 직장과 사회봉사에 열중하는 사람이었습니다. 그러느라 가장으로서는 낙제생이었어요. 지금 와서 이점이 많이 후회됩니다.

유수진 : 여러 시에 고추잠자리가 등장합니다. 시인이 어떤 소재나 시어를 자주 끌어온다는 건 그 소재와 특별한 관계를 갖고 있다는 걸 말해주곤 하지요. 고추잠자리는 김이환 시인을 어디로 데려가는 매개체인가요?

김이환 : 우리 집 창가에 고추잠자리가 자주 와서 앉아요. 의자에서도 보고 침대에 누워서도 봅니다. 아침부터 저녁까지 날아와서 놀다 가지요. 몸통을 가만히 둔 채 머리와 눈을 요리조리 돌리고 양 날개와 꼬리를 흔들어대며 춤을 춥니다. 고추잠자리는 내게 소식을 전해주는 우편배달부입니다. 슬픈 소식, 기쁜 소식을 가리지 않습니다. 아침에 고추잠자리가 오면 오늘 날이 대체로 좋다는 신호입니다. 고추잠자리가 오지 않으면 날씨가 흐리거나 바람이 불거나 비가 올 징후죠.
고등학교 때부터 밴드부에서 드럼을 쳤습니다. 요즘

도 지하실에 드럼을 두고 드럼을 칩니다. 드럼을 치면 가슴이 뜨거워졌다가 시원해져요.

[고등학교 벤드부에서 익힌 드럼 연주로 망중한을 즐기고 있다]

멋진 취미를 가지고 계시군요. 드럼 소리를 상상하는 것만으로도 가슴이 뻥 뚫립니다. 다시 한 번 김이환 시인님의 첫 시집 발간을 진심으로 축하드립니다. 김이환 시인님의 앞날에 고추잠자리가 찾아와 춤을 추다가는 날이 많기를 바랍니다. 시를 쓰면서도 가슴이 뜨거워졌다 시원해지는 경험을 많이 하시길 바랍니다. 좋은 시 많이 쓰세요.